# Viaje al centro de la tierra

## Jules Verne

**ILLUSTRATED**
Pendulum Press, Inc.
West Haven, Connecticut

ISBN 0-88301-456-4 Paperback

Published by
Pendulum Press, Inc.
An Academic Industries, Inc. Company
The Academic Building
Saw Mill Road
West Haven, Connecticut 06516

Printed in the United States of America

# Al Maestro

Pendulum Press se enorgullece de poner a la disposición de los colegios de todo el país la Serie Ilustrada "Now Age." Para la preparación de esta novedosa serie se contó con los mejores artistas y dibujantes del mundo. Las adaptaciones de los guiones fueron producidas por escritores profesionales y verificadas por estilistas expertos.

La serie fue desarrollada con ciertas consideraciones implícitas. Dentro del marco del decoro, todo lo que un niño lee y/o todo lo que desea leer constituye en sí un elemento didáctico. Los educadores han reconocido este factor desde hace mucho tiempo, y han pedido a voces, nuevos materiales que incorporen esta premisa. La contínua popularidad de la presentación ilustrada, por ejemplo, ha sido ampliamente documentada, más ésta no ha sido utilizada cabalmente con fines educativos. Es a partir de esta realización que nació la Serie Ilustrada "Now Age."

En el proceso de lectura en sí, el marco ilustrado estimula y apoya el deseo del estudiante por leer palabras impresas. La combinación de palabras e ilustraciones le ayuda a lograr una mayor comprensión del tema; a su vez, la comprensión obtenida gracias a la lectura incrementa su deseo de leer.

La consideración final es que la lectura en sí, como objetivo, es contraproducente. El niño siente la motivación por leer materiales que satisfagan su deseo de aprender y de entender el mundo que lo rodea. Esta serie presenta algunos de los títulos, autores y personajes más conocidos de la literatura en inglés. La serie estimulará al niño a leer la versión original una vez que su habilidad de lectura se haya desarrollado lo suficiente. Más fundamentalmente, al leer los libros que componen la Serie Ilustrada "Now Age," el estudiante se familiariza con muchos datos—imágenes, nombres, y conceptos—que se le presentan. Supongamos, a manera de ejemplo, que un niño ve un anuncio comercial en la televisión protagonizado por el personaje de Huck Finn. Si el niño ha leído el Huck Finn de esta serie, dicha referencia en la televisión le será mucho más significativa, y le dará una sensación de satisfacción y logro.

Luego de utilizar la edición ilustrada "Now Age," estamos seguros de que usted compartirá nuestro entusiasmo por la serie y su contenido.

—Los Editores

# SOBRE EL AUTOR

Jules Verne nació en la ciudad de Nantes, Francia, en 1828. Cursó sus estudios en el Liceo de Nantes, y luego se trasladó a París para continuar su educación universitaria. En 1848, escribió los libretos de dos operetas con la ayuda de Michel Carré; y una comedia en verso en colaboración con Alejandro Dumas. Sin embargo, por varios años, sus intereses fluctuaron entre la literatura y la Bolsa de Comercio.

Verne fue un pionero en el género literario de los viajes imaginarios. Escribió sobre viajes y aventuras en los cuales anticipó el desarrollo de muchos de los inventos científicos y mecánicos del futuro. Dos de sus obras de mayor éxito son *Viaje al centro de la tierra* y *La isla misteriosa*.

# Jules Verne
# Viaje al centro de la tierra

Adaptación de
**NAUNERLE FARR**

Ilustraciones de
**VAL CALAQUIAN**

Traducción de
**RODOLFO HELLER**
**ANDRES PALMA**
International Translation Company

Henry Lawson

Hans

El profesor
Von Hardwig

El Dr. Fridreksson

Gretchen

*¡A cien millas bajo la superficie de la tierra descubrimos un bosque gigantesco, un rebaño de mastodontes\* prehistóricos, y un gigante que los pastoreaba! Nos escondimos detrás de un árbol, temiendo que nos descubrieran.*

Hasta ahora, el hombre sólo ha visto animales como éstos en los museos.

¡Y nosotros, solos con ellos, nos encontramos a su merced en alguna parte del centro de la tierra!

\*animal enorme, similar al elefante; ya extinguido

*Mi extraña aventura comenzó hacia 1860 en la ciudad alemana de Hamburgo, donde vivía y estudiaba con mi tío, el profesor Von Hardwig. El era un famoso científico dedicado al estudio de los minerales y de geología. **

Si me esfuerzo, de mi tío aprenderé todo sobre la tierra.

*Mi tío tenía una hermosa ahijada con la que yo esperaba casarme.*

¡Y de mi adorada Gretchen, todo sobre el cielo!

*¡Mi tío era un hombre muy inteligente y también muy impaciente!*

¡Henry! ¡Henry! ¡Henry!

¡Mi tío volvió a casa!

¡Henry, sube de una vez!

¡Ya voy, tío!

*la ciencia que estudia las capas de la tierra y cómo se formaron

Henry, encontré un libro antiquísimo que perteneció a Arne Saknussemm, el gran científico islandés del siglo dieciséis. ¡En él, encontré este pedazo de papel!

¡Estoy seguro de que contiene un secreto precioso, quizás un descubrimiento hecho por Saknussemm!

¡El alfabeto rúnico! * ¿Sabe leerlo?

No, no lo sé.

¡Pero no comeré ni dormiré hasta descifrarlo!

Pero, querido tío. . . .

*un alfabeto de la antigüedad

¡Ni tú tampoco, Henry!

Pero, tío....

No. Hay ciento treinta y dos letras; prueba esto.

*Mi tío era un hombre testarudo. Pasaron las horas.*

Ya probamos con español, francés, italiano, griego, hebreo, ....

Quizás una combinación de letras....

¡Sin cena, sin desayuno, se morirán de hambre!

Como quiera que escribamos el mensaje; no tiene sentido.

Tiene que tener una clave.

*Cansado y acalorado, me abaniqué la cara con nuestra última traducción.*

¡Tío!

No tiene sentido al leerlo de izquierda a derecha, pero al revés. . . .

¡Al revés, por supuesto!

Desciende por aquel cráter del Yocul de Sneffels que la sombra de Scartaris toca antes del comienzo de julio, oh valiente viajero, y llegarás al centro de la tierra. Yo lo hice. Arne Saknussemm

¿Pero qué significa? ¿Qué son Sneffels y Scartaris?

Sneffels es un volcán extinguido en Islandia. Scartaris es el nombre de uno de sus picos.

Antes del comienzo de julio, Scartaris debe proyectar su sombra sobre la boca del único cráter que los llevó al centro de la tierra.

Pero los científicos creen que en la medida en que se desciende hacia el centro de la tierra, ésta se vuelve más y más caliente. ¡El centro mismo debe estar a veinte mil grados!

¡No creo en los peligros ni en las dificultades! ¡La única forma de aprender es ir y mirar, como lo hizo Arne Saknussemm!

*Mi tío saltaba de alegría, irradiando entusiasmo.*

Henry, me hiciste un gran servicio! ¡Quiero que compartas la gloria!

Me agrada que esté contento, señor.

Empaca mis valijas y las tuyas. ¡Partiremos inmediatamente hacia el centro de la tierra!

¡Es imposible!

*Traté de decirle que el papel era una broma, y que la mayoría de los científicos creían que el centro de la tierra era un lugar demasiado caliente como para que el hombre sobreviviera, ¡pero no me escuchaba! Luego, corrí donde Gretchen para contarle los planes.*

Islandia—al Monte Sneffels al centro de la tierra!

¡Qué viaje más maravilloso, digno del sobrino del profesor Hardwig!

Pensé que tú te opondrías a este disparatado plan.

No, pienso que es maravilloso. Yo también quisiera ir, Henry.

*Este fue el golpe final.*

*A la mañana siguiente, muy temprano, abordamos un tren para Copenhagen. ** 

¡Tu preocupación por los peligros es innecesaria, mi muchacho!

Si usted lo dice. ¡Vamos y veamos!

*Mi tío tenía cartas de presentación para el director del Museo de Copenhagen.*

Recuerda, mi muchacho, somos simples turistas. ¡Ni una sola palabra sobre nuestros verdaderos planes! Ese es nuestro secreto.

*El director fue amable y cortés.*

Así es que visitará Islandia; ¡qué bueno! Le daré cartas para el gobernador y el alcalde.

Muchas gracias.

*ciudad de Dinamarca

*Nos embarcamos en un pequeño navío danés con destino a Islandia.*

*Mi tío estuvo mareado durante todo el viaje. Esto lo molestó muchísimo.*

*A los diez días, anclamos en la bahía frente a Reykjavik, Islandia, y mi tío logró salir de su camarote.*

*Nos llevaron a tierra firme con nuestras provisiones.*

¡Recuerda, Henry, ni una palabra sobre nuestro secreto!

*Y nos dieron la bienvenida.*

¡Bienvenidos, caballeros! Soy el gobernador, Barón Trampe.

El alcalde Finsen...

El Dr. Fridreksson, profesor de ciencia en nuestra universidad.

Estamos a su disposición.

Pídanos lo que necesite.

¡Mi casa es suya!

¡Muchas gracias!

Henry, se acabaron nuestros problemas. ¡No nos falta nada más que descender al centro de la tierra!

¿Le parece poco?

*Durante la cena, la conversación giró sobre temas científicos. Hablaron sobre el científico Saknussemm, y luego. . . .*

Profesor, espero que no se vaya de la isla sin antes examinar la riqueza de nuestros minerales.

¿No han sido ya explorados?

Hay muchas montañas, glaciares,* y volcanes todavía inexplorados.

¿Sí?

¡Puedo mostrarle uno sin moverme de mi silla!

¿Sí? ¿Sí?

Por esa ventana usted ve el Monte Sneffels, un volcán extinguido desde hace apenas quinientos años.

¡Excelente! ¡Entonces comenzaré por examinar este Monte Sneffels!

*Me resultó difícil contener la risa al escuchar a mi tío ocultando su felicidad.*

*grandes formaciones de hielo

*Estos hombres mencionaron un guía el cual nos visitó a la mañana siguiente.*

Así es que tú eres Hans. ¿Eres cazador? ¿Quieres guiarnos al Sneffels? ¿Quieres encargarte de conseguir caballos y provisiones? ¿Sabes que quiero hacer algunos estudios que tomarán algún tiempo?

Sí.

*Hans y mi tío eran justo los opuestos.*

Henry, debemos revisar nuestras provisiones con mucho cuidado. Termómetro, manómetro, cronómetro, compases, bobinas, baterías, . . . .

El equipo de alpinismo está aquí y también las provisiones.

*A la mañana siguiente, Hans apareció con los caballos.*

¿Un poco hacia este lado? Más alto, ¿o quizás, más bajo?

Dos para el equipaje, y dos para nosotros. ¿Y en qué irás tú, Hans?

Caminando.

*Sin prestar atención a las instrucciones de mi tío, Hans arregló la carga a la perfección.*

*or fin nos pusimos en marcha. Seguimos la línea de la costa a través
e empobrecidas praderas arenosas, a menudo cubiertas de rocas.*

Estos caballos islande-
es son inteligentes!
Saben escoger el me-
or camino.

Por suerte . . .
pues no obede-
cen nuestras
órdenes.

*llegamos a un ancho río con altos acan-
ilados rocosos y aguas tormentosas.*

¿Y ahora qué?

Estos anima-
les nos cru-
zarán sin
problema.

Si son tan inteli-
gentes como Ud.
dice, ni se acer-
carán al agua.

¡Tonterías!
¡A nadar,
caballo!

¡Anda!

¡Detente!

¡Espera!

¡Un transbordador!

¡Son inteligentes!

¿Bueno, por qué no lo dijiste antes

*El simple aspecto del transbordador islandés me puso nervioso, pero llegamos al otro lado sanos y salvos, y continuamos nuestro viaje.*

Durante varios días, viajamos con rapidez. Veíamos como el cono del Sneffels se acercaba y por último llegamos a Stapi, el pueblito más cercano al pico.

Los caballos no pueden seguir. Estos cargadores llevarán nuestras provisiones hasta la base del cráter.

El terreno se volvió abrupto y peligroso.

¡Mira donde pisas, Henry!

De vez en cuando, Hans se detenía y armaba una pila con pequeñas rocas.

¡Tipo inteligente! ¡No nos perderemos al volver!

¡Ah, entiendo!

*Alrededor, muchos chorros de vapor saltaban al aire, delatando la actividad volcánica bajo la superficie.*

¿Tío, este vapor que se escapa?

¿Sí, Henry?

¿Qué seguridad tenemos de que el Sneffels no entrará en erupción mientras nosotros estamos aquí?

No tienes por qué preocuparte, mi muchacho.

¡Antes de una erupción, este vapor desaparece! De manera que no hay peligro.

Si usted lo dice.

*Subimos durante muchas horas, escalando laderas escarpadas, enormes rocas, y atravesando campos nevados.*

¡No es seguro! ¡Más arriba!

demos
mpar
í, Hans?

*Hacia las once de la noche, cuando ya casi no podía respirar. . . .*

¡Scartaris!   ¡El cráter!  ¡Llegamos!

*espués de una noche de necesitado escanso, despertamos con los rayos e un brillante y glorioso sol.*

¡Imagínense lo que sería este hoyo lleno de llamas, truenos, y relámpagos!

Me recuerda un enorme cañón cargado.

Y descender dentro e un cañón que uede dispararse al nenor golpe, es una ocura!

*Pero Hans, con su aire tranquilo y despreocupado tomó su posición a la cabeza del pequeño grupo, y yo los seguí.*

*Para facilitar el descenso, Hans nos guió bajando en zigzag.*

*Uno de los cargadores perdió un bulto.*

¡Cuidado!

*Y éste cayó velozmente al abismo, perdiéndose de vista.*

*Esto me puso nervioso. Pero hacia el mediodía, llegamos al final de nuestro descenso.*

*Enviamos a los cargadores de vuelta, y Hans dormitó mientras yo miraba descontento a mi tío que corría por el cráter como un colegial.*

¡Ves, Henry, tres túneles que conectan con el gran horno central!

¡Henry, Henry, ven rápido!

¿Qué pasa?

¡Ves . . . aquí grabado está su nombre!

¡Arne Saknussemm! ¿Pero qué túnel tomamos?

¡Recuerda el mensaje! Antes del comienzo de julio, la sombra de Scartaris caerá sobre el cráter correcto!

¿El pico puntudo será como un gran dedo apuntado al cráter?

Pero por dos días no hubo sol que produjera sombras. Cayó una mezcla de lluvia y nieve. Mi tío estaba enloquecido.

¡Correcto, Henry! ¡Sólo necesitamos un día de sol!

*Luego, con un cambio repentino, el sol comenzó a brillar.*

¡La sombra de Scartaris . . . ahí!

¡El cráter central!

Me asomé sobre el borde del cráter y miré hacia abajo, mareado.

¡Las paredes son escarpadas y no se ve al fondo!

Usaremos nuestra cuerda de 150 metros.

*Mi tío dividió los bultos más importantes en tres grupos.*

Las herramientas, los instrumentos, los alimentos . . . cada uno de nosotros llevará una carga.

Y el resto, ¡al cráter!

*El atado desapareció con un zumbido en el aire y ruido de piedras.*

¡Ahora es nuestro turno!

¡A los 75 metros encontraremos una saliente en que descansar, bajar la cuerda, y comenzar de nuevo!

*Seguimos este procedi-
miento una y otra vez.*

Tres horas
y todavía
no tocamos
fondo.

Y enton-
ces. . . .

¡Deten-
ganse!

¡Llegamos
al fondo!

¡Por fin!
¡Después
de siete
horas!

Soltamos la cuerda veintiocho
veces. ¡Descendimos casi dos
kilómetros!

Me parece
que debemos
comer y dor-
mir.

*A la mañana siguiente, como siempre,
mi tío verificó sus instrumentos y registró sus observaciones.*

Barómetro,
29 grados . . .
termómetro,
43 grados
Far. . . .

*Después de desayunar, reanudamos nuestro viaje siguiendo un túnel que descendía en el cráter.*

Estas linternas iluminan nuestro avance maravillosamente.

Brillan como diamantes.

*Una marcha de siete horas nos llevó hasta una caverna enorme.*

¿Detengámonos aquí para pasar la noche?

¡Sí! Yo estoy agotado.

Tío, nuestra provisión de agua está por acabarse.

Te dije que encontraríamos agua en el camino; y la encontraremos, una vez que atravesemos esta costra de lava.

*Seguimos la lava, hasta que llegamos a un cruce\* natural.*

¿Cuál tomamos?

No hay forma de decir. Yo elijo el del este.

ugar en que se cruzan dos caminos o pasadizos

*La bajada era lenta y llena de recodos. De vez en cuando nos encontrábamos con series de arcos.*

¡Hermoso! Igual que una iglesia antigua.

*Otras veces teníamos que gatear.*

O cuevas de zorros.

Cuevas de castores.

*Pasaron los días, y entonces. . . .*

*De pronto nos encontramos con una pared.*

¡Tío, se nos acaba el agua!

Entonces beberemos muy poca hasta que encontremos más.

¡El final del túnel!

Bueno, ahora sabemos que no estamos en la senda de Saknussemm. ¡Sólo tenemos que volvernos y probar otro!

Descansaremos por una noche, y en tres días, les prometo, estaremos de vuelta en el cruce.

¡Pero mañana no quedará una gota de agua!

*En el viaje de retorno estábamos acalorados y sedientos.*

*Por último, al tercer día, después de gatear en rodillas y manos por horas. . . .*

¡El cruce!

¡Gracias a Dios!

*En ese momento, sentí a mi tío junto a mí; me levantó la cabeza, y. . . .*

¡Bebe mi muchacho! El último trago de agua; lo guardé para tí.

¡Tío querido!

*El agua humedeció mi garganta seca y me dio energías para hablar.*

Por lo menos ahora sabemos qué hacer. ¡Regresemos al Sneffels!

¿Qué? ¿Rendirnos estando tan cerca de triunfar? ¡Jamás!

Entonces decidámonos a no retornar jamás.

Oyeme, mi muchacho, te haré una oferta. El agua es nuestro único problema.

¿Sí, tío?

Este otro túnel parece descender directamente hacia el centro. ¡En unas pocas horas nos llevará hasta la capa de granito* donde encontraremos agua!

¡Henry, dame un día más! ¡Si no encontramos agua, entonces me daré por vencido y regresaremos a la superficie!

Bueno. . . .

*Sabía lo difícil que era para mi tío hacerme esa oferta, así es que. . . .*

Tío, estoy totalmente de acuerdo. ¡No perdamos un minuto!

*tipo de mineral o roca

Reanudamos nuestro descenso, siguiendo el nuevo túnel.

¡Este es el camino correcto! ¡Estoy seguro de ello!

¡Aquí hay manganeso de cobre,* trazas de platino y oro!

Pasaron las horas; los muros eran ahora de granito sólido pero todavía no encontrábamos agua.

¡Creo que me voy a desmayar! ¡Ayúdenme!

Henry. . . .

Me sobrecogió una debilidad mortal, y caí al suelo.

Lo . . . lo siento, tío.

¿Dónde está Hans?

Súbitamente, Hans volvió desde más abajo.

¿Qué hay?

Vatten.

¡Agua, agua!

un tipo de mineral

*Sin perder tiempo, seguimos a Hans túnel abajo.*

¿La escuchas?

¡Hay agua que corre detrás de esta pared!

Se oye cada vez más fuerte.

Un río subterráneo. . . .

¡Pero ahora nos alejamos y aún no encontramos una forma de llegar a ella!

¡Debemos encontrar la forma!

Aquí. . . .

*barra o palanca de hierro

*Hans comenzó a trabajar cuidadosamente con el chuzo\* y el pico.*

Los golpes podrían hacer que todo el túnel se derrumbe sobre nuestras cabezas.

¡Qué importa, si con eso conseguimos agua!

Después de una hora de trabajo, un chorro de agua se abrió paso a través de la pared.

¡Auch!

¡Está hirviendo!

No se preocupen. Se enfriará pronto.

Mi tío tenía razón, y al poco rato habíamos bebido hasta llenarnos.

Después de descansar una noche, continuamos nuestra travesía, olvidando todas nuestras penurias.

¡Nunca en mi vida bebí agua tan sabrosa!

Ni nunca bebiste agua a diez kilómetros bajo la tierra.

¡Adelante... nuestro río nos seguirá!

¡Estoy seguro que mientras nos siga, nuestro proyecto tendrá éxito!

Continuamos nuestro viaje durante varios días. A veces, el túnel era casi horizontal, dando vueltas y retorciéndose como una serpiente. Por dos días, descendimos dentro de un pozo casi vertical, volviendo a utilizar las cuerdas. Por último un sábado, el 18 de julio, llegamos a una caverna enorme. Decidimos que ese domingo sería un día de descanso.

¡Hemos viajado más de 400 kilómetros al sudeste del Sneffels!

¡Entonces estamos bajo el Océano Atlántico!

¡Es muy probable que haya barcos navegando justo encima de nuestras cabezas!

Quizás.

¿Y ballenas nadando cerca del fondo del mar?

No tienen ninguna posibilidad de atravesarlo, tranquilo.

Hemos descendido 85 kilómetros.

¡85 kilómetros! ¡Pero a esa profundidad, de acuerdo a todas las leyes conocidas, la temperatura sería de 3.400 grados F! *

¡Las rocas se fundirían y nosotros herviríamos!

¡Pero como ves, mi muchacho, ése no es el caso!

* F=Farenheit. Escala de temperatura cuyo punto de ebullición está en los 212°

la mañana siguiente, cuando dejamos la caverna para continuar
*estra travesía, nos quedamos paralizados, con la vista fija de asom-
o: estábamos al borde de un gran océano.*

*Pasadas las rocas, encontramos un gran bosque.*

Jamás vi esta clase de árboles.

¡Estos no son árboles, sobrino, son hongos gigantes!

¡Y éstos son enormes helechos y pastos altísimos!

¡Parece que estamos en un invernadero muy misterioso!

¡Y también animales!

¡Sin duda ésta es la quijada inferior de un mastodonte! *

¿Me pregunto si alguno de esos monstruos está, en este mismo momento, escondido detrás de esas rocas?

¿C-Cree que sí?

Pero no encontramos ninguna señal de vida en esas costas, y después de nuestras exploraciones, regresamos a la caverna para pasar la noche.

*animal peludo, similar al elefante; hoy extinguido

Cuando desperté al día siguiente, Hans y mi tío no estaban a la vista. A lo lejos, se escuchaban martillazos.

Parece venir desde esta dirección. ¿Qué hacen?

¡Buenos días, Henry! Hans construye una balsa para que podamos continuar nuestro viaje.

¿Una . . . una balsa? ¿Continuar?

En ese momento, me di cuenta que todo era posible. A las pocas horas estábamos listos para reanudar nuestra travesía.

Flota bien, y Hans le construyó un timón. ¡Zarpemos!

¡Muy bien, tío.

Como descubridores de este agradable puerto, debemos darle un nombre.

¡Propongo que lo llamemos Puerto Gretchen!

Navegamos con viento de popa, y a gran velocidad. Al poco rato, dejamos atrás la costa.

*Navegamos durante varios días sin ver tierra, comiendo y durmiendo en la balsa. Mi tío se impacientaba.*

Avanzamos con rapidez, tío.

¡Pero no descendemos! Me temo que perdimos la ruta de Saknussemm.

*Mi tío hizo varios sondeos\* de profundidad utilizando el chuzo más pesado.*

*Era muy difícil jalarlo de vuelta a bordo.*

¡Ug! ¿Se trabó?

¡No, aquí viene!

¡Dientes!

¿Qué clase de monstruo tiene dientes tan fuertes?

\*forma de averiguar la profundidad del agua

Me temo que lo sabremos muy pronto. ¡Miren!

¡Cuidado!

*Fue como si la balsa hubiese chocado contra una roca oculta, elevándose sobre el agua.*

¡Un gigantesco lagarto marino!

¡Un ictiosaurio! ¡Miren sus quijadas y esos dientes monstruosos!

*Hans empujó el timón con fuerza hacia un costado tratando de escapar.*

¡Otro más! ¡Un pleisiosaurio, el temido cocodrilo marino!

¡Cualquiera de los dos nos trituraría con un solo mordisco!

Se acercaron a nosotros, cada vez más. . . .

Nosotros nos quedamos paralizados, sin poder hablar.

¡Los monstruos pasaron a menos de diez metros de la balsa y se lanzaron uno contra el otro!

Nunca antes, ojos humanos habían presenciado una pelea entre monstruos prehistóricos.

Veinte veces estuvimos a punto de ser lanzados entre las grandes olas.

*Repentinamente, desaparecieron bajo el agua formando un remolino que casi nos hunde.*

*El agua apenas se calmaba cuando volvió a emerger la cabeza del pleisiosaurio.*

*Empujados por un gran viento, nos apuramos por abandonar el lugar.*

Bajemos la vela, tío. Es la única solución sensata.

¡No! ¡Deja que el temporal nos arrastre hasta alguna costa! ¡Mantén la vela arriba!

*El temporal arremetió desde los rincones más recónditos de ese poderoso mar. El viento bramaba.*

¡La vela, tío, la vela!

¡Déjala sola!

*Este terrible temporal continuó por tres días y tres noches.*

Los rayos relampagueaban por todas partes, y uno cayó sobre nuestro mástil.

De no ser por Hans, no estaríamos vivos.

*Cuando abrí mis ojos era ya de día, y el tiempo estaba hermoso.*

*¿Pero no perdimos nuestras provisiones cuando la balsa se hundió?*

¿Cómo se siente, tío?

¡Encantado! ¡Por fin llegamos a puerto, y podemos continuar nuestro descenso hacia el centro de la tierra!

Nuestro buen Hans salvó la mayor parte, incluso el compás para determinar nuestro curso.

*Mi tío leyó el compás y se quedó perplejo.*

¡No puede ser!

*Se sacó los anteojos y se frotó los ojos.*

¡Imposible!

*Volvió a mirar, y sacudió la cabeza.*

¿Tío, qué pasa?

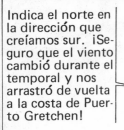

Indica el norte en la dirección que creíamos sur. ¡Seguro que el viento cambió durante el temporal y nos arrastró de vuelta a la costa de Puerto Gretchen!

¡Y todos esos días de navegación fueron inútiles!

Tío, no podemos navegar en este mar; es una locura zarpar en este atado de troncos con una vela de sábana, un palo por mástil, y un temporal con el que luchar allá adentro.

No me daré por vencido. Hans reparará la balsa.

Pero no es necesario que zarpemos hasta mañana. Entretanto, exploremos.

Muy bien, entremos a este bosque. ¡Estos no son hongos, son verdaderos árboles!

*Caminamos varios kilómetros, y entonces. . . .*

¡Tío, mire! ¡Animales vivos!

¡Mastodontes!

Hasta ahora, el hombre só- lo ha visto animales co- mo éstos en los museos.

¡Y nosotros, solos con ellos, nos en- contramos a su merced en alguna parte del centro de la tierra!

¡Ven, mirémoslos de cerca!

¡No! Si nos atacan, nos matarían en un instante.

¡Mira, Henry! ¡No puedo creer lo que veo!

¡Un gigante!

¡Es lo suficientemente grande como para que le obedezcan!

¡Alejémonos! ¡Nos descubrirá en cualquier momento!

Por primera vez, mi tío siguió mi consejo inmediatamente.

En un instante, estábamos ya lejos de ese terrible monstruo. Volvimos a la playa.

¡Mire!

¿Qué es, Henry?

¡Esto!

¡Una vieja daga!

No es de las nuestras. ¡Debe ser de Hans!

No, tío, usted sabe que Hans no tiene ningún arma de ese tipo.

Es de acero, pero muy antigua como del siglo dieciséis.

¡Cubierta con el moho de cientos de años!

Los filos están mellados y torcidos.

¡Pero tío, estoy seguro que era de un hombre moderno!

¡Sí, un hombre que vino antes que nosotros, y que grabó su nombre en alguna roca con esta misma daga!

¡Busquémoslo, mi muchacho!

¡Debemos examinar cada roca!

*Bajo una roca sobresaliente, a la entrada de un tenebroso túnel, encontramos lo que buscábamos.*

¡Iniciales grabadas en el granito con su daga!

¡A.S. . . . Arne Saknussemm, indicando el camino!

¡Este es el camino correcto!

¡Bendito sea ese temporal! ¡Nos trajo de vuelta al lugar correcto!

*La entrada no estaba a cinco metros de la orilla. La entrada estaba al mismo nivel que el agua.*

Veamos cómo empieza y luego volveremos a buscar a Hans y nuestras provisiones.

¡Sí, mi muchacho!

*Pero apenas avanzamos una docena de pasos, cuando. . . .*

¡El túnel está bloqueado!

¡Estoy seguro que hay una pasada! ¿Cómo lo hizo Saknussemm?

*Examinamos la roca cuidadosamente. No había ninguna pasada.*

Seguramente se derrumbó y bloqueó el túnel después del regreso de Saknussemm.

¡Bien, echémosla abajo! A trabajar, con chuzos y picos.

Es demasiado grande para eso, tío.

¿Y entonces qué?

¡Pólvora! ¡Volémosla!

*Volvimos a la balsa y regresamos con Hans y las herramientas.*

Será necesario hacer un agujero grande como para meter 50 libras de pólvora.

¡Esto no nos detendrá!

*Mi tío y yo preparamos una mecha larga utilizando pólvora húmeda envuelta en un saco de lino. A la medianoche, nuestro trabajo de mineros estaba terminado.*

El agujero en la roca está relleno; la mecha está preparada. ¡Sólo hace falta una chispa para volar la roca en mil pedazos!

Ahora descansemos hasta la mañana.

*A las seis en punto estábamos ya en pie y listos.*

¡Mi muchacho, tendrás el honor de encender la mecha!

¡Gracias, tío!

La mecha se demorará diez minutos. Henry, corre hacia nosotros: nos mantendremos a una distancia segura.

No se preocupen, no perderé un segundo.

¡Fuego va!

¡Buen muchacho! Zarpa, Hans.

Bueno, nos abrimos paso a través de la barrera.

Sí.

¡Vamos por el camino de Saknussemm, pero nos llevamos un océano de agua con nosotros!

¡Viajamos a 150 kilómetros por hora!

¡Perdimos nuestros alimentos. No sabemos donde saldremos, si salimos! ¡Este es nuestro fin!

*Viajamos de esta manera durante muchas horas . . . días. De pronto, la balsa perdió velocidad con un golpe que casi nos lanzó al agua; y el agua se nos vino encima, casi ahogándonos.*

¿Y ahora qué?

¡No te sueltes, Henry!

¡Hay algo diferente!

¡Sí, estamos ascendiendo rápidamente!

¡El calor es insoportable! ¡El agua está hirviendo!

Sí, Henry.

¡Estamos en el túnel de un volcán en erupción! ¡Una gran suerte!

¿¿Suerte??

¿Por qué suerte?

¡Es nuestra única posibilidad de escapar alguna vez del centro de la tierra!

Por cierto, no es Islandia. Estamos en un país cálido.

¡Quizás la costa de India!

¡Maravilloso! ¡Delicioso!

¡Miren, tenemos visita.

¿Cómo se llama este lugar, niño?

Estrómboli.*

¡Estrómboli . . . uno de los volcanes más famosos del mundo!

¡Hemos viajado desde el Monte Sneffels en Islandia hasta el Monte Estrómboli en Italia, a través del centro de la tierra!

¿Pero quién lo creerá?

*lugar en Italia

No nos pareció sensato contarles a los supersticiosos nativos la forma en que llegamos a su isla. Pensarían que éramos algún tipo de espíritus demoníacos. Así es que les dijimos que éramos las víctimas de un naufragio. Al oír esto, los pescadores de Estrómboli nos acogieron cálidamente, nos dieron ropa y comida, llevándonos luego al continente. Y el día 9 de octubre, llegamos de vuelta a Hamburgo.

¡Bendito sea Dios . . . el profesor!

¡Henry, querido! ¡Te creí perdido para siempre!

Mi tío se hizo famosísimo, un gran hombre célebre en todo el mundo, y yo, el sobrino de un gran hombre.

LONDON TIMES

ALEMANES CRUZAN LA TIERRA POR DEBAJO

Hamburg Zeitung

CIENTIFICO LOCAL LOGRA LO IMPOSIBLE

Paris Gazette

SENSACIONAL VIAJE DESDE ISLANDIA A ITALIA

New York News

SENSACIONALES DESCUBRIMIENTOS DEL PROFESOR HARDWIG

La ciudad de Hamburgo organizó un festival en nuestro honor.

¡Nos complace honrar a nuestro gran científico-ciudadano y entregarle las llaves de nuestra ciudad!

¡Y yo, señor, depositaré los documentos de Saknussemm en los archivos* de la ciudad!

*lugar en que se guardan documentos famosos de valor

*Además, invitaron a mi tío para que hablara en una conferencia pública del Instituto Johanneum: un gran honor científico.*

¡ . . . y ahora, nuestro célebre colega, el profesor Hardwig!

*Y yo, el hombre más feliz de la tierra, tenía algo que anunciarle al profesor.*

¡Mi querido tío, Gretchen, su ahijada, se ha comprometido a ser mi esposa!

¡Y ahora que Henry es realmente un héroe, no veo ninguna razón por la que él deba alejarse de mi lado nunca más!

Sí, sí, cómo no, pero acabo de hacer un descubrimiento maravilloso en este antiguo manuscrito.

ATLANTIS

FIN

# GLOSARIO

**acantilados** cliffs
**acero** steel
**acogieron** they welcomed
**agotado** worn out, exhausted
**agujero** hole
**ahijada** goddaughter
**alcalde** mayor
**¡Alejémonos!**  Let's get away from here!
**a menudo** often
**aparejadas** ready, set
**apurémonos** Let's hurry
**arenosas** sandy
**arrastró** carried, dragged
**arremetió** came at, charged

**ballenas** whales
**balsa** raft
**bienvenido** welcome
**bobinas** coils
**bóveda de granito**  granite roof
**bramaba** howled
**broma** joke
**bulto** package

**camarote** cabin
**capas** layers
**cargadores** porters
**castores** beavers
**cazador** hunter
**chispa** spark
**chorro** stream
**chuzo** crowbar, spike
**clave** key
**colegial** schoolboy
**complace** it pleases
**congelamiento** freezing
**costra** crust
**cruce** crossing, junction

**danés** Danish
**daré por vencido** I'll give up
**delatando** revealing, telling of
**desarrollo** development
**deslumbrante** dazzling
**desmayar** to faint
**disparatado** foolish, absurd

**ebullición** boiling
**escarpadas** steep
**escoger** choose
**éxito** success

**fondo** bottom
**frotó** he rubbed

**gatear** crawl
**gigante** giant
**giró** turned
**grabado** carved

**helechos** ferns
**herramientas** tools
**hongos** mushrooms
**horno** furnace
**hoyo** hole

**invernadero** hothouse, greenhouse
**islandés** Icelandic

**jalarlo** to pull it

**laderas** slopes
**lagarto** lizard

**mareado** seasick, dizzy
**martillazos** hammerings
**me abaniqué** I fanned myself
**mecha** fuse
**mellados** jagged
**merced** mercy
**mezcla** mixture
**moho** rust
**mordisco** bite

**naufragio** shipwreck
**nivel** level

**ocultando** hiding
**orilla** shore

**pastos** grass
**pelea** fight

**penurias** needs, scarcities
**Pólvora** gunpowder
**pozo** well
**praderas** meadows
**prueba** try out, test

**Quiero que compartas** I want
     you to share
**quijada** jawbone

**rayos** lightning
**reanudamos** we continued
**rebaño** herd
**recodos** twists, bends
**recónditos** far away, hidden
**registró** he recorded
**relampagueaban** flashed
**remolino** whirlpool
**¿Rendirnos?** Give up?
**retorciéndose** twisting

**sabrosa** delicious
**saliente** ledge
**saltaba** he leaped, jumped
**se derrumbe** collapse, cave in
**se fundirían** they would melt
**senda** path
**¿Se trabó?** Is it stuck?
**sobrecogió** startled, took by
     surprise
**sombras** shadows
**sondeos** soundings

**temporal** storm
**testarudo** stubborn
**timón** rudder
**torcidos** twisted
**trago** mouthful, drink
**transbordador** ferry
**trituraría** it would crush, chew

**verificó** he checked

**zarparemos** we'll sail
**zorros** foxes
**zumbido** hum, swish